"행복을 아는 우리의 친구, 곰돌이 푸가
당신의 멋진 하루를 응원해요"

Everyday
Winnie the Pooh

KB066950

곰돌이 푸와 함께 매일 행복한 일을 찾아가는 여정

우리의 일상은 어쩌면 매일 똑같을지도 모릅니다. 때론 너무 무료하거나 좀처럼 빛나지 않는 일상에 '그저 그런 하루였다'고 생각할지도 모르죠. 그런데 똑같은 하루하루 안에서 만나는 작고 사소한 일들을 한 번 떠올려보세요. 아침에 집을 나서며 만난 푸른 하늘, 학교나 일터에서 들은 정감 있는 한 마디, 따뜻한 온기가 담긴 한 끼의 식사, 멋진 카페에서 친구와 함께 먹은 달콤한 케이크 한 조각 같은 것들을 말이에요. 그 순간은 행복이라는 마법에 걸려들기에 충분하지 않았나요?

돌아보면 이렇게 멋진 일들이 우리의 하루하루에 담겨 있을 겁니다. "매일 행복하진 않지만, 행복한 일은 매일 있어"라는 곰돌이 푸의 말처럼 가만히 들여다보면 우리의 일상 구석구석에 멋진 일들이 숨어 있을 거예요.

KB067676

숨겨진 행복을 찾아나서는 일, 행복을 아는 곰돌이 푸가 도와줄게요

느릿느릿 숲속을 걷고, 경쟁하기보다 친구를 감싸 안을 줄 알고, 끊임없는 사건 사고에도 긍정적인 답을 내놓는 따뜻한 친구, 곰돌이 푸와 친구들이 전해주는 행복의 선물로 하루를 시작해보세요. 너무 바빠서, 혹은 버겁게 느껴져미처 돌아보지 못했던 나의 하루하루가 조금 더 특별해질 거예요. 무엇보다나의 일상이 더 충만해지고 자연스레 곁에 있는 사람이 사랑스러워질 거예요. 그리고 나의 아름다움을 스스로 발견할 수 있을 거예요.
곰돌이 푸의 선물 같은 날들이 당신에게 깃들기를 바랍니다.

WINNIE THE POOH

매일 행복하진 않지만 행복한 일은 매일 있어.

Everyday isn't always happy, but happy things are always here.

"오늘이 무슨 요일이야?"

"What day is it?"

"오늘"

"Today."

"내가 제일 좋아하는 날이네!"

"Ah, my favorite day!"

이걸 기억하겠다고 약속해줘. 넌 네가 믿는 것보다 더 용감하고,
보이는 것보다 더 세고, 생각보다 더 똑똑하단 걸.

Promise me you'll always remember that you are braver than you believe,
stronger than you seem, and smarter than you think.

WINNIE THE POOH

강은 알지. 서두르지 않아도
언젠가는 도착하게 될 거라는 걸.

Rivers know this : there is no hurry.
We shall get there some day.

WINNIE THE POOH

"사랑은 어떻게 쓰는 거야?" "사랑은 쓰는 게 아니야, 느끼는 거지."

"How do you spell love?" "You don't spell it, you feel it."

다른 사람들이 네게 오기만을 기다릴 수는 없어.
때로는 네가 그들에게 가야 해.

You can't stay in your corner of the forest
waiting for others to come to you.
You have to go to them sometimes.

WINNIE THE POOH

다른 사람을 지나치게 걱정하는 것, 그걸 '사랑'이라고 부르지.

Some people care too much. I think it's called love.

사랑은 몇 걸음 물러서는 거야, 어쩌면 더 많이.
사랑하는 사람의 행복을 위해서 말이지.

Love is taking a few steps backward,
maybe even more⋯ to give way
to the happiness of the person you love.

만일 네가 100살을 산다면, 나는 100살에서 하루를 뺀 날까지 살고 싶어.
난 너 없이는 하루도 살 수 없으니까.

If you live to be a hundred, I want to live to be a hundred minus one day,
so I never have to live without you.

작별 인사를 힘들게 할 수 있다니, 나는 정말 행운아일 거야.

How lucky I am to have something that makes saying goodbye so hard.

삶은 경험해봐야 하는 여행이야,
풀어야 하는 문제가 아니라.

Life is a journey to be experienced,
not a problem to be solved.

"우리는 영원히 친구일 거야, 그렇지 푸?" "그보다 더 오래-"

"We'll be friends forever, won't we, Pooh?" "Even longer."

우선 한숨 자고 시작하자.

Let's begin by taking a smallish nap or two.

WINNIE THE POOH

어제는 역사고 내일은 미스터리지만 오늘은 선물이야.
그게 오늘을 'Present(오늘·선물)'라고 부르는 이유지.

Yesterday is history, tomorrow is a mystery, but today is a gift.
That's why we call it the present.

그림자를 두려워하지 마,
그건 근처 어딘가에 빛이 있다는 뜻이니까.

Never fear the shadows, they simply mean
there's a light shining somewhere nearby.

WINNIE THE POOH

비의 가장 멋진 점은 결국엔 늘 멈춘다는 거야.

The nicest thing about the rain is that it always stops, eventually.

먹을 것 말고 뭐가 더 중요하겠어?

What could be more important
than a little something to eat?

내가 제일 좋아하는 것은 '안 하는' 거야.

What I like doing best is nothing.

남들과 다른 것이 결국 나를 만드는 거야.

The things that make me
different are the things that make me.

WINNIE THE POOH

서두르지 마. 생각, 생각, 생각할 시간을 갖자.

Don't rush. Take the time to think, think, think.

21

체계적이지 않은 사람의 장점 중 하나는
언제나 놀라운 발견을 한다는 거야.

One of the advantages of being disorganized is
that one is always having surprising discoveries.

WINNIE THE POOH

삶이 널 비오는 날에 버려둘 땐,
물웅덩이에서 놀아.

When life throws you a rainy day,
play in the puddles.

길고 어려운 말 대신에 "점심 같이 먹자"처럼
쉽고 짧은 말을 쓰는 사람과의 대화가 더 즐거워.

It is more fun to talk with someone who doesn't use long,
difficult words but rather short, easy words like "What about lunch?"

때론 가장 작은 게 네 마음을 가득 차지할 때가 있지.

Sometimes the smallest things take up the most room in your heart.

너랑 함께 보내는 하루가 제일 좋아.
그래서 오늘 하루도 나는 제일 좋아.

Any day spent with you is my favorite day,
so today is my new favorite day.

익숙한 곳에서 멀어져야 가고픈 곳에 닿게 돼.

I always get to where I am going by walking away
from where I've been.

아무것도 안 하는 게 종종 가장 잘한 일이 되곤 해.

Doing nothing often leads to the very best of something.

WINNIE THE POOH

잡초도 꽃이야. 언젠가 너도 알게 될 거야.

Weeds are flowers, too, once you get to know them.

인생의 작은 것을 즐겨봐.

Enjoy the little things in life.

다른 누군가를 위한 작은 배려와 생각들이 큰 변화를 만들 거야.

A little consideration, a little thought for others, makes all the difference.

네 인생은 지금 바로 눈앞에서 펼쳐지고 있어.

Your life is happening now, right in front of you.

잠시만요,
꿀 좀 먹고요.

식사 중

지금은 낮잠 시간.

휴가 중

숲속 친구들과
모험을 떠났어요.

출장 중

Copyright © 2018 by Disney Enterprises, Inc.

Based on the "Winnie the Pooh" works by A.A. Milne and E.H. Shepard. All rights reserved.

이 책의 저작권은 Disney 사와의 독점 계약으로 ㈜알에이치코리아에서 소유합니다.
저작권 법에 의하여 한국 내에서 보호를 받는 저작물이므로 무단전재 및 복제를 금합니다.

1판 1쇄 인쇄 2018년 11월 12일　**1판 1쇄 발행** 2018년 11월 30일

원작 곰돌이 푸

발행인 양원석　**본부장** 김순미　**편집장** 최두은　**책임편집** 이슬기
디자인 RHK 디자인연구소 조윤주　**해외저작권** 황지현　**제작** 문태일
영업마케팅 최창규, 김용환, 정주호, 양정길, 이은혜, 신우섭, 유가형,
조아라, 임도진, 우정아, 정문희, 김유정

펴낸 곳 ㈜알에이치코리아
주소 서울시 금천구 가산디지털2로 53, 20층 (가산동, 한라시그마밸리)
편집문의 02-6443-8916　**구입문의** 02-6443-8838
홈페이지 http://rhk.co.kr　**등록** 2004년 1월 15일 제2-3726호

ISBN 978-89-255-6502-6 (03800)

※ 이 책은 ㈜알에이치코리아가 저작권자와의 계약에 따라 발행한 것이므로
본사의 서면 허락 없이는 어떠한 형태나 수단으로도 이 책의 내용을 이용하지 못합니다.
※ 잘못된 책은 구입하신 서점에서 바꾸어 드립니다.　※ 책값은 뒤표지에 있습니다.

Everyday
Winnie the Pooh

값 13,800원
ISBN 978-89-255-6502-6 (03800)